YR ASIANT CUDD

YR ASIANT
CUDD

BOB EYNON

DREF WEN

Lluniau gan Steven Jones

UNED IAITH GENEDLAETHOL CYMRU

CBAC

Cyhoeddwyd dan nawdd
Cynllun Llyfrau Darllen
Cyd-bwyllgor Addysg Cymru.

Mae Uned Iaith Genedlaethol Cymru yn rhan o
WJEC/CBAC cyf., cwmni a gyfyngir gan warant ac
a reolir gan awdurdodau unedol Cymru.

Cyhoeddwyd gan Wasg y Dref Wen,
28 Ffordd yr Eglwys,
Yr Eglwys Newydd, Caerdydd CF4 2EA
Ffôn 01222 617860

I staff a phlant Clwb Ieuenctid Treorci

1.

"Mae'n rhaid i ni benderfynu beth i'w wneud gyda'r bachgen," meddai Elena Owen wrth ei gŵr.

Edrychodd Geraint Owen i fyny o'r papur newydd. Roedd e'n ceisio dewis y ceffyl fyddai'n ennill y ras fawr ddydd Sadwrn.

"Gyda Wiliam…?" gofynnodd e.

"Ie, gyda Wiliam." Roedd wyneb Elena'n ddifrifol. "Rwy'n mynd i mewn i'r ysbyty i gael y llawdriniaeth ddiwrnod olaf y tymor. Fydda i ddim yma tra bydd Wiliam ar ei wyliau Pasg."

"A bydda innau ar y Cyfandir gyda'r lorri," sylwodd Geraint.

"Wel, fydd hi'n bosibl i Wiliam fynd gyda ti?" gofynnodd ei wraig. Siglodd Geraint ei ben.

"Na fydd," atebodd e. "Mae rheolau'r cwmni'n glir: dim ond y gyrrwr yn y cab ar y Cyfandir."

Ochneidiodd Elena'n ddwfn.

"Wel, mae'n rhaid i ni feddwl am rywbeth," meddai hi.

Rhoddodd Geraint y papur newydd i lawr ar y carped.

"Beth am Ffranses dy chwaer yn Llundain?" awgrymodd e.

"O, wn i ddim…"

"Pam lai? Os bydd hi'n barod i ofalu am Wiliam am bythefnos, fe alla i roi lifft i lawr iddo fe ar fy ffordd i Folkestone a'i godi ar y ffordd yn ôl."

Trefnodd Elena Owen bopeth ar y ffôn y noson honno. Roedd ei chwaer, Ffranses, yn hapus i'w helpu nhw. Roedd Ffranses yn ifancach nag Elena. Roedd hi wedi priodi â bachgen o'r Dwyrain Canol oedd yn astudio Saesneg mewn coleg yn Llundain. Roedd babi bach ganddyn nhw ac roedden nhw'n byw mewn fflat ger St Pancras.

"Bydda i wrth fy modd yn cael Wiliam yma," meddai Ffranses. "Dw i ddim wedi'i weld e ers talwm. Sut fachgen ydy e erbyn hyn?"

"Digon tebyg i fechgyn eraill un ar ddeg oed," atebodd ei fam. "Y rhan fwyaf o'r amser, beth bynnag." Petrusodd am foment. "Ond, wel…mae gan Wiliam ddychymyg bywiog."

"Beth?"

"Wel, mae e'n hoffi dweud storïau, dychmygu digwyddiadau rhyfedd," esboniodd Elena. "O, paid â phoeni, Ffranses, ond does dim rhaid i ti gredu popeth mae Wiliam yn ei ddweud, dyna'r cwbl."

2.

Roedd Wiliam yn dawel iawn ar ddechrau'r daith i Lundain yn y lorri.

"Beth sy'n bod?" gofynnodd ei dad. "Wyt ti'n pwdu?"

Siglodd y bachgen ei ben.

"Nac ydw," meddai. "Rwy'n edrych ar yr olygfa, dyna'r cwbl."

Ond roedd Geraint Owen yn gwybod bod Wiliam yn drist achos doedd e ddim yn gallu mynd i'r Cyfandir gyda'i dad.

"Mae'n ddrwg gen i, Wiliam," meddai, "ond mae'n rhaid i fi deithio ar fy mhen fy hun ar y Cyfandir."

"Rwyt ti'n mynd i gael anturiaethau, tra bydd rhaid i fi ofalu am fabi Ffranses," meddai Wiliam yn grac.

Chwarddodd ei dad yn uchel.

"Rwy'n siŵr na fydd Ffranses yn gofyn i ti ofalu am y babi, Wiliam. Yn ôl dy fodryb byddi di'n rhydd i ymweld â lleoedd diddorol Llundain."

"Ond does dim byd diddorol yn Llundain," protestiodd y bachgen. "Dim byd o gwbl!"

Ar ôl croesi pont newydd Hafren cawson nhw bryd o fwyd yn y gwasanaethau, yna aethon nhw ar eu ffordd i'r brifddinas. Gwelodd Geraint arwydd oedd yn dweud: SALISBURY PLAIN.

"Gwranda, Wiliam," dywedodd e. "Ar ein ffordd yn ôl fe awn ni i ymweld â Salisbury Plain. Mae'r fyddin yn ymarfer yno gyda thanciau a gynnau mawr."

"Beth am nawr?" gofynnodd Wiliam yn awyddus.

"Does dim amser 'da ni nawr," atebodd ei dad. "Mae Ffranses yn ein disgwyl ni. Rydw i wedi trefnu i gwrdd â hi mewn maes parcio yn ymyl gorsaf St Pancras."

Awr a hanner yn ddiweddarach cyrhaeddon nhw'r

maes parcio.

"Dyna Ffranses," meddai Geraint gan bwyntio ei law at y fynedfa. "Mae hi'n gynnar. Fydd dim rhaid i fi dalu am barcio nawr."

Stopiodd y lorri wrth ochr y ferch. Agorodd Wiliam ddrws y cab a neidio allan.

"Hylo, Ffranses," meddai Geraint drwy'r ffenestr agored. "Mae'n ddrwg gen i, ond alla i ddim aros. Mae'r traffig yn ofnadwy heddiw, a does dim llawer o amser 'da fi. Diolch i ti am ofalu am Wiliam. Fe ffonia i'r fflat ar fy ffordd yn ôl mewn pythefnos."

Gyrrodd y lorri i ffwrdd drwy'r traffig a throdd Ffranses i wynebu ei nai. Roedd Wiliam yn sefyll ar y palmant fel plentyn amddifad, yn dal cês lledr yn ei law.

"Wel, wel, Wiliam, rwyt ti wedi tyfu," meddai Ffranses. "Sut daith gest ti?"

Edrychodd y bachgen ar ei fodryb. Roedd Ffranses yn ei dauddegau cynnar ac yn dlws iawn.

"Roedd y daith yn fendigedig," atebodd Wiliam. "Aethon ni drwy Salisbury Plain. Fe welais i danciau a gynnau mawr yn tanio at ei gilydd ar y bryniau, adeilad-au'n llosgi a pharasiwtwyr yn disgyn o'r cymylau fel plu eira…!"

3.

Penderfynodd Ffranses gymryd y bws adref gan fod cês Wiliam yn eithaf trwm. Ar y ffordd siaradodd hi â'i nai am y sefyllfa yn y fflat.

"Mae Abas, fy ngŵr i, yn astudio'n galed," meddai hi. "Bydd e'n sefyll arholiad pwysig iawn yn yr haf. Dw i ddim eisiau i ti ei boeni e, Wiliam. Bydd rhaid i ti fod yn dawel yn y fflat, wyt ti'n deall?"

"Ydw," atebodd y bachgen yn ddigalon.

"Ac rwy'n gweithio yn yr archfarchnad leol," ychwanegodd ei fodryb. "Pan mae'n rhaid i mi fynd i'r gwaith, rwy'n cysylltu â Jo, ac mae hi'n dod i ofalu am y babi, Marc."

"Pwy ydy Jo?" gofynnodd Wiliam.

"Merch sy'n byw yn ein stryd ni," atebodd Ffranses. "Mae hi'n un ar bymtheg oed ac mae hi'n ddymunol iawn. Mae'r babi'n dwli arni hi."

"Fydda i'n cwrdd â hi?" gofynnodd Wiliam gyda diddordeb.

"Wrth gwrs. Mae hi yn y fflat nawr."

Pan gyrhaeddon nhw'r tŷ, agorodd Ffranses y drws ac aethon nhw i mewn i goridor hir.

"Rydyn ni'n byw lawr llawr, Wiliam," esboniodd Ffranses. "Mae fflat arall lan llofft ond does neb yn byw yno ar hyn o bryd."

Edrychodd Wiliam ar y grisiau ar ben arall y coridor.

11

Roedd y fflat wag yn swnio'n ddiddorol iddo fe…

"Jo…" gwaeddodd Ffranses gan gau drws y fflat y tu ôl iddyn nhw.

"Ie?"

Ymddangosodd merch a babi yn ei breichiau.

"Dyma fy nai Wiliam," meddai Ffranses wrth y ferch. "Mae e'n mynd i dreulio gwyliau'r Pasg gyda ni." Trodd Ffranses at Wiliam. "A dyma Jo, Wiliam. Mae hi'n gofalu am dy gefnder Marc pan fydda i'n brysur."

"Rwy'n falch o gwrdd â chi, Jo," meddai Wiliam braidd yn ffurfiol, a chwarddodd y ferch yn uchel.

"O, mae acen ryfedd 'da ti, Wiliam," meddai hi.

Aeth wyneb y bachgen yn goch. Oedd y ferch yn chwerthin am ei ben?

"Paid â phoeni," ychwanegodd Jo'n gyflym. "Rwy'n mynd i ddysgu Cocni i ti cyn i ti fynd yn ôl i Gymru!"

Daeth Abas, gŵr Ffranses, adref am chwech o'r gloch. Dyn tal, tywyll oedd e ac roedd ganddo fwstas du hir. Roedd yn amlwg nad oedd e'n hapus i weld Wiliam yn y fflat.

Yn ystod swper siaradodd yr Arab ddim â Wiliam o gwbl. Yna, ar ôl swper, aeth Abas i mewn i ystafell arall i astudio, ac arhosodd Wiliam yn y lolfa gyda'i fodryb yn gwylio'r teledu.

"Paid â phoeni am Abas," meddai Ffranses wrth y bachgen. "Mae e'n gorfod gweithio'n galed yn y coleg, dyna'r cwbl."

Ond tra oedd Wiliam yn y gwely y noson honno, clywodd e ei fodryb a'i ewythr yn siarad â'i gilydd yn y lolfa.

"Doedd dim hawl 'da ti i wahodd y bachgen i ddod yma," meddai'r Arab wrth ei wraig.

"Mae'n ddrwg gen i, Abas," atebodd Ffranses. "Ond doedd dim dewis 'da fi. Gyda Geraint ar y Cyfandir ac Elena yn yr ysbyty doedd dim lle arall iddo fe fynd."

Arhosodd Wiliam yn y tywyllwch yn gwrando arnyn nhw. Roedd e'n meddwl am ei rieni ac am ei gartref yng Nghymru. Doedd y dagrau ddim yn bell i ffwrdd...

4.

Yn ffodus, roedd Jo ar ei gwyliau Pasg hefyd.

"Rwy'n mynd i'r ysgol gyfun leol," meddai hi wrth Wiliam. "Y tymor nesaf bydda i'n sefyll y TGAU. Os bydda i'n llwyddiannus bydda i'n gadael yr ysgol a mynd i'r coleg technegol yn Camden Town."

"I wneud beth?" gofynnodd y bachgen.

"Wn i ddim eto," atebodd Jo. "Hoffwn i weithio gyda phlant, neu mewn ysbyty efallai."

"Hoffwn i ysgrifennu llyfrau," meddai Wiliam. "Mae llawer o blotiau 'da fi'n barod – storïau am derfysgwyr, môr-ladron, giangsters."

"Wyt ti wedi'u hysgrifennu i lawr?" gofynnodd y

ferch.

Siglodd Wiliam ei ben.

"Nac ydw, achos dw i ddim yn gallu sillafu," meddai'n drist. "Ond pan dw i'n dweud y storïau wrth fy ffrindiau maen nhw'n dweud eu bod nhw'n dda iawn."

"Paid â phoeni," chwarddodd Jo. "Byddi di'n dysgu sillafu yn yr ysgol gyfun. Nawr, beth wyt ti eisiau ei wneud yma yn Llundain?"

Doedd y bachgen ddim yn siŵr, ond doedd e ddim am aros yn y fflat drwy'r amser gan fod ei ewythr Abas mor sarrug.

"Mae'n rhaid i ti brynu tocyn bws a theithio o gwmpas y dref," meddai Jo. "Fel yna byddi di'n gweld popeth."

"Dyna syniad da," cytunodd Wiliam. "Ond fydd Ffranses ddim yn fodlon i fi grwydro Llundain ar fy mhen fy hun." Meddyliodd am eiliad. "Jo," meddai'n sydyn. "Wyt ti am ddod gyda fi?"

"Mae'n ddrwg gen i, Wiliam," meddai Jo. "Rwy'n cynilo fy arian er mwyn mynd i Ffrainc yn yr haf."

Gwenodd y bachgen arni hi.

"Paid â phoeni, Jo," meddai. "Mae fy rhieni i'n hael iawn. Maen nhw wedi rhoi digon o arian i fi am bythefnos. Gyda ti fel arweinydd, rwy'n siŵr na fydda i'n mynd ar goll yn y brifddinas!"

Felly dros y Sul teithion nhw ar hyd a lled Llundain a gweld lleoedd diddorol iawn fel y Tŵr, Sgwâr Trafalgar, eglwys gadeiriol St Paul, ac amgueddfa cŵyr Madam

Tussaud.

Ond sylwodd Jo ar unwaith nad oedd Wiliam yn barod i gyffesu bod Llundain yn well na Chwm Alaw, lle roedd y bachgen yn byw.

"Mae capel 'da ni sy'n harddach na'r eglwys gadeiriol 'na," meddai wrthi hi. "Ac mae sgwâr Tref Alaw yn fwy na Sgwâr Trafalgar."

"Wel, beth am Madam Tussaud's?" gofynnodd hi gyda gwên fach, ond aeth Wiliam yn dawel…

Fore dydd Llun, pan gododd Wiliam o'i wely, roedd Abas wedi gadael y fflat yn barod.

"Mae e wedi mynd i lyfrgell y coleg i astudio," esboniodd Ffranses. "Mae'r fflat yn rhy swnllyd iddo fe gyda'r babi a phopeth."

Rhoddodd Wiliam jam ar ei dost. "Wyt ti'n mynd i'r gwaith heddiw, Ffranses?" gofynnodd.

"Ydw." Edrychodd hi ar y cloc. "Bydda i'n mynd â Marc i dŷ Jo ar fy ffordd i'r archfarchnad. Sut rwyt ti'n mynd i dreulio'r dydd, Wiliam?"

Cododd y bachgen ei ysgwyddau.

"Wn i ddim," atebodd. "Mynd i'r parc, efallai."

"Wel, paid â mynd yn rhy bell o'r fflat," meddai ei fodryb. "Rwy'n teimlo'n gyfrifol amdanat ti. Fe rodda i allwedd drws y ffrynt i ti, iawn?"

Ond ar ei ffordd i'r parc newidiodd Wiliam ei feddwl. Penderfynodd fynd i weld y siopau a dewis anrhegion i'w

15

rieni. Trodd i mewn i'r heol fawr a cherdded yn araf o siop i siop i weld beth oedd ar werth.

Wrth iddo fynd heibio i'r Café Continental, cafodd sioc o weld ei ewythr Abas yn eistedd y tu mewn yn siarad â dyn arall. Roedd gan y dieithryn wallt melyn hir ac roedd ei wyneb e'n welw.

Tybed beth mae Abas yn ei wneud yma? meddyliodd y bachgen. Fe ddylai fe fod yn y coleg erbyn hyn.

Yn y caffe, allan o glyw William, roedd Abas a'i ffrind yn trafod materion pwysig.

"Gwranda, Abas," meddai'r dieithryn. "Mae'r stwff yn cyrraedd Llundain y pnawn 'ma. Lle rydyn ni'n mynd i'w guddio?"

Roedd gan y dyn acen estron gref fel rhywun o'r Almaen neu Ogledd Ewrop.

Sipiodd Abas ei goffi.

"Dw i wedi meddwl am hynny," atebodd e. "Mae fflat wag ar lawr cyntaf ein tŷ ni. Mae perchennog y tŷ wedi gadael yr allwedd gyda fi. Dewch â'r stwff heno. Fydd dim problem o gwbl."

"Beth am eich gwraig?"

"Peidiwch â phoeni, Kristoff. Fe ddyweda i wrth Ffranses taw myfyriwr ydych chi fel fi."

"Ond bydda i'n cario'r stwff mewn cês, Abas."

"Rydych chi'n dod â llyfrau i fi, dyna'r cwbl," meddai'r Arab dan wenu.

Trodd Kristoff ei ben yn sydyn.

"Pwy ydy'r bachgen 'na?" gofynnodd.

Edrychodd Abas ar y ffenestr. Doedd neb yno.

"Pa fachgen, Kristoff? Wela i neb."

Taniodd Kristoff sigarét. Roedd ei ddwylo'n crynu.

"Peidiwch â bod mor nerfus," meddai'r Arab. "Gallwch chi ddibynnu arna i."

Tynnodd y llall yn ddwfn ar y sigarét.

"Dw i wastad yn nerfus cyn jobyn," atebodd. "Coeliwch fi, petai holl heddlu Ewrop yn chwilio amdanoch chi, byddech chithau'n nerfus hefyd!"

5.

Aeth Wiliam yn ôl i'r fflat am ugain munud wedi un o'r gloch.

Roedd ei fodryb Ffranses wedi dod yn ôl o'r archfarchnad yn barod.

"Wnest ti fwynhau dy hun yn y parc?" gofynnodd hi i'r bachgen.

"Do," atebodd e. "Ydy Abas wedi dod yn ôl eto?"

"Abas? Nac ydy. Fe fydd e'n astudio yn y llyfrgell tan bedwar neu bump o'r gloch."

Y llyfrgell…meddyliodd Wiliam. Doedd Abas ddim wedi mynd yn bellach na'r caffe agosaf. Tybed pam roedd yr Arab wedi dweud celwydd wrth ei wraig?

"O ble mae Abas yn dod?" gofynnodd e'n sydyn.

Rhoddodd Ffranses ddau blataid o salad ar y bwrdd.

"O'r Dwyrain Canol, wrth gwrs," atebodd hi.

"Ond o ble yn y Dwyrain Canol?"

"Dw i ddim yn siŵr o ble mae e'n dod yn wreiddiol," meddai Ffranses. "Doedd ei rieni ddim yn aros yn yr un lle am amser hir."

"Wel, lle maen nhw'n byw nawr?"

"Maen nhw wedi marw," atebodd ei fodryb. "Fe gawson nhw eu lladd mewn damwain yn Lebanon bedair blynedd yn ôl."

"Oedden nhw..."

"Wiliam," meddai Ffranses yn llym. "Rwyt ti'n gofyn gormod o gwestiynau. Bwyta dy salad ar unwaith. Mae Jo yn mynd â'r babi allan y pnawn 'ma. Rwy eisiau i ti fynd gyda nhw – a gadael llonydd i fi!"

Gan fod y tywydd yn braf, penderfynodd Jo fynd â'r babi i'r parc.

Pan aethon nhw drwy'r glwyd gwelson nhw ddyn yn eistedd ar fainc ac aeth Jo'n syth ato i siarad ag ef. Dyn tua phum deg oed oedd e, ac roedd ei wallt yn britho.

"Hylo, Don," meddai'r ferch wrtho. "Ga i gyflwyno fy ffrind Wiliam i chi?"

Siglodd Don law y bachgen.

"O ble rwyt ti'n dod, Wiliam?" gofynnodd. "Dw i ddim wedi dy weld di o'r blaen."

"O Gymru," atebodd Wiliam yn falch. "Cwm Alaw."

19

"Wel, beth rwyt ti'n feddwl o Lundain?"

Meddyliodd y bachgen am foment.

"Mae Llundain yn iawn," meddai. "Ond mae Cwm Alaw yn well."

"Ydy wir?" meddai Don. "Wel, beth sy'n well yn dy gwm di?"

Dechreuodd Wiliam feddwl yn gyflym.

"Popeth," atebodd e. "I ddechrau, mae mwy o bysgod yn ein hafon ni."

"Ond does dim Scotland Yard 'da chi," meddai Don dan wenu.

"Nac oes…ond mae swyddfa heddlu enfawr yn Nhref Alaw, ac mae cyfrifiadur 'da nhw. Maen nhw mor fodern â Scotland Yard."

"Mae Wiliam yn gorliwio popeth," meddai Jo wrth Don. "Ond mae e'n fachgen da, beth bynnag."

Trodd hi ei phen a gweld grŵp o'i ffrindiau'n cerdded ar lan y pwll nofio ryw ganllath i ffwrdd.

"Aros gyda Don am funud," meddai wrth Wiliam. "Rwy'n mynd i ddangos Marc i'm ffrindiau. Fydda i ddim yn hir."

Gwyliodd Wiliam hi'n gwthio'r pram i ffwrdd i gyfeiriad y pwll nofio. Yna trodd e at Don eto.

"Mae fy ewythr i yn giangster," sibrydodd e.

"Beth?"

"Mae fy ewythr Abas yn giangster," meddai Wiliam eto, ac yna aeth ymlaen i ddweud stori y llyfrgell a'r Café

Continental wrth Don.

"Yn lle mynd i'r coleg, mae Abas yn mynd i'r caffe er mwyn cwrdd â giangsters eraill," esboniodd y bachgen.

Ochneidiodd Don yn ddwfn.

"Un diwrnod mi ddyweda i stori arall wrthot ti, Wiliam," addawodd.

"Pa stori?"

"Stori am y bachgen oedd yn arfer gweiddi 'blaidd'…" ebe'r dyn.

Ar eu ffordd adref, gofynnodd Wiliam i Jo beth oedd gwaith Don.

"Mae e wedi ymddeol," atebodd y ferch.

"Ond beth oedd ei waith e?"

"Wel," meddai Jo. "Mae Don yn dweud wrth bawb taw diplomat oedd e. Ond yn ôl fy nhad, sy'n ei nabod e'n dda, roedd Don yn gweithio i'r Gwasanaeth Cudd!"

6.

Y noson honno daeth Kristoff, y dyn â'r gwallt melyn hir, i'r fflat. Roedd e'n cario cês mawr yn ei law. Aeth Abas â'r ymwelydd i mewn i ystafell arall, lle siaradon nhw â'i gilydd am chwarter awr.

Ar ôl i Kristoff ymadael, eisteddodd y teulu wrth y bwrdd i gael swper.

"Pwy ydy'r dyn 'na?" gofynnodd Ffranses tra oedden

nhw'n bwyta.

"Hans?" meddai Abas. "Mae e yn yr un dosbarth â fi yn y coleg. Mae e'n dod o'r Iseldiroedd."

Edrychodd Wiliam i fyny. Roedd e'n falch nad oedd y dieithryn wedi sylwi arno fe yn ystod yr ymweliad.

"Oedd Hans yn llyfrgell y coleg gyda ti heddiw?" gofynnodd.

Syllodd Abas arno fe. Doedd wyneb y bachgen yn dangos dim.

"Oedd," atebodd Abas. "Rydyn ni'n dilyn yr un cwrs, felly rydyn ni'n gallu helpu'n gilydd. Mae e wedi dod â llyfrau i fi heno."

Canodd y ffôn ac aeth Ffranses i'w ateb. Pan ddaeth hi'n ôl roedd hi'n edrych yn hapus iawn.

"Neges o ysbyty Tref Alaw," meddai hi. "Yn ôl y nyrs mae dy fam wedi cael y llawdriniaeth ac mae hi'n iawn. Ond mae Elena yn poeni amdanat ti, Wiliam."

"Amdana i? Pam?"

"Dydy hi ddim eisiau i ti fynd i'r gwely yn rhy hwyr yn y nos. Felly, bwyta dy swper. Mae hi'n ddeg o'r gloch yn barod."

Deffrodd Wiliam yn sydyn. Roedd sŵn yn dod oddi uchod. Roedd rhywun yn symud o gwmpas y fflat uwch ei ben.

Taflodd y bachgen y blancedi i un ochr ac aeth i agor drws yr ystafell wely. Roedd y lolfa mewn tywyllwch, ond roedd golau i'w weld trwy'r drws oedd yn arwain i'r coridor.

Croesodd e'r lolfa ar flaenau'i draed ac agorodd yr ail ddrws yn araf. Ond cyn iddo fentro allan, clywodd e glic ar ben y grisiau ac yna camau'n dod i lawr. Trodd Wiliam yn gyflym a brysiodd drwy'r tywyllwch i gyrraedd diogelwch ei ystafell wely. Yn anffodus, trawodd yn erbyn cadair yng nghanol y lolfa.

"Abas...?" gwaeddodd Ffranses o'i hystafell wely. "Beth sy'n bod?" Roedd hi'n swnio fel pe bai hi'n hanner cysgu.

Erbyn hyn roedd Wiliam wedi cyrraedd ei ystafell wely. Clywodd e ddrysau'n agor a chau. Roedd Ffranses yn dal i gwyno am y sŵn.

Yna agorodd drws ystafell Wiliam a daeth y golau ymlaen. Roedd ei ewythr yn sefyll wrth y swits.

"Pam dwyt ti ddim yn y gwely?" gofynnodd Abas yn llym. "Beth rwyt ti'n wneud?"

"Fe glywais i lygod," meddai Wiliam yn gyflym.

"Llygod?"

"Ie, ond wrth i fi ddod allan o'r gwely, fe syrthiais i yn erbyn y wardrob," meddai Wiliam gan rwbio ei goes.

Ymddangosodd Ffranses wrth y drws. Roedd hi'n gwisgo gŵn nos.

"Abas," meddai hi. "Rwyt ti'n mynd i ddeffro Marc. Beth sy?"

"Dim byd," atebodd yr Arab. "Mae dy nai di wedi drysu, dyna'r cwbl..."

7

Drannoeth dywedodd Wiliam hanes y noson wrth Jo pan ddaeth hi i ofalu am y babi tra oedd Abas yn y coleg a Ffranses yn yr archfarchnad.

Yn anffodus, roedd meddwl Jo ar bethau eraill. Roedd rhaid iddi hi fynd â dillad brwnt i'r *launderette* yn y stryd fawr.

"Wel, rwy'n mynd i ddweud popeth wrth Don," meddai Wiliam. "Fydd e yn y parc heddiw?"

"Bydd, siŵr o fod," atebodd y ferch. "Mae e'n mynd yno bob pnawn ar ôl cael cinio yn y dafarn."

"Oes teulu 'da fe?" gofynnodd Wiliam.

"Nac oes. Mae e'n byw ar ei ben ei hunan."

"Fyddi di yn y parc ar ôl cinio, Jo?"

Siglodd hi ei phen.

"Na fydda," atebodd hi. "Dw i wedi clywed digon o dy storïau di'n barod!"

Cyrhaeddodd Wiliam y parc am bum munud i ddau. Roedd Don yn eistedd ar ei fainc arferol yn darllen y papur newydd. Aeth Wiliam i sefyll wrth ei ymyl.

"Mae gen i rywbeth pwysig i ddweud wrthoch chi," meddai, ac yna adroddodd e ddigwyddiadau'r noson gynt.

"Felly, fe aeth dy ewythr di lan i'r fflat wag," sylwodd Don. "Beth ydy'r broblem?"

"Roedd yn hwyr iawn," meddai'r bachgen.

"Roedd e wedi bod yn gweithio'n hwyr, efallai,"

atebodd Don.

"Fe aeth e â'r cês i fyny'r grisiau," meddai Wiliam. "Does dim cês yn y fflat heddiw. Dw i wedi chwilio amdano ym mhobman."

"Fe ddywedodd Abas fod y cês yn llawn o lyfrau," meddai Don.

"Do, ond dw i ddim yn ei gredu e," atebodd Wiliam. "Mae'r cês 'na yn llawn o arian."

Chwarddodd Don yn uchel.

"Peidiwch â chwerthin," meddai Wiliam. "Dw i'n siŵr bod ei ffrind…Hans…wedi torri i mewn i fanc yn rhywle."

"Wiliam," atebodd Don. "Mae dy ddychymyg di'n rhedeg yn wyllt. Nid giangsters ydy Abas a Hans, ond myfyrwyr."

"Mae cyfrinach yn y fflat lan llofft," meddai Wiliam, ond roedd Don wedi troi'n ôl at ei bapur newydd…

Fore dydd Mercher aeth Wiliam ddim allan yn ôl ei arfer. Arhosodd ar ei ben ei hun yn y fflat.

"Dw i wedi blino," esboniodd wrth ei fodryb. "Dw i'n mynd i ddarllen fy nghylchgronau."

Ond ar ôl i Abas a Ffranses fynd allan, aeth Wiliam drwy'r fflat â chrib fân, ond heb ddod o hyd i allwedd y drws lan llofft.

"Does dim ots," meddai wrtho ei hunan. "Mae darn o wifren ym mhoced fy siaced i."

Roedd Wiliam wedi clywed ei bod hi'n bosibl agor clo gyda darn o wifren.

"Mae'n rhaid i fi drio," meddai. "Mae'n rhaid i fi ddod o hyd i'r cês."

Dringodd e'r grisiau a gweithiodd yn galed am hanner awr, ond heb lwyddo i agor y clo. Cyn bo hir roedd chwys yn rhedeg i lawr ei wyneb.

RAT AT AT ...

Roedd rhywun yn curo ar ddrws ffrynt y tŷ. Arhosodd y bachgen fel delw ar ben y grisiau.

RAT AT AT!

Cuddiodd Wiliam y wifren yn ei boced ac aeth i lawr y grisiau. Agorodd y drws a gweld dyn yn sefyll ar y palmant.

"Cwmni Trydan," meddai'r dyn. "Rydw i eisiau darllen y mesurydd."

Gwthiodd ei ffordd heibio i'r bachgen.

"Dyna fe ar y wal," meddai'r dyn gan dynnu nodlyfr o'i boced. "Gyda llaw, oes pobl yn y fflat lan llofft?"

"Nac oes," atebodd Wiliam. "Ddim ar hyn o bryd."

Rhoddodd y dyn gerdyn iddo.

"Dyma gerdyn iddyn nhw," meddai. "Jyst i ddweud fy mod i wedi galw. Iawn?"

Aeth y dyn ar ei ffordd a dringodd Wiliam y grisiau eto. Edrychodd ar y clo a gwelodd ei fod wedi gadael marciau dwfn yn y metel gyda'r wifren. Aeth ei waed yn oer.

"Diawl," meddai. "Bydd Abas yn fy lladd i!"

Roedd y sefyllfa yn edrych yn ddu iawn, ond yna cafodd Wiliam syniad...

8.

Torrodd y storm bnawn dydd Gwener. Pan ddaeth Wiliam yn ôl o'r parc clywodd e Ffranses ac Abas yn cweryla yn y lolfa.

"Fe ddylet ti fod yn gwylio Wiliam bob eiliad," dywedodd yr Arab. "Dim ond trafferth ydy e."

"Sut galla i ei wylio fe pan fydda i yn y gwaith?" protestiodd Ffranses. "Fi sy'n gorfod gweithio er mwyn talu'r biliau. A chofia fod babi 'da fi hefyd!"

Agorodd Wiliam y drws yn araf ac aeth i mewn.

"Dyna fe," gwaeddodd Abas. "Gofyn iddo esbonio'r marciau ar y drws lan llofft."

Chynhyrfodd Wiliam ddim o gwbl. Roedd e eisoes wedi paratoi ei stori.

"Pa farciau?" meddai'n ddiniwed. "Dw i ddim wedi bod lan llofft."

Roedd wyneb yr Arab yn goch. "Rwyt ti wedi ceisio torri i mewn i'r fflat arall," meddai.

Siglodd y bachgen ei ben.

"Nac ydw," atebodd. "Fe aeth dyn o'r Cwmni Trydan i fyny'r grisiau echdoe, ond arhosais i lawr llawr."

Edrychodd Ffranses ar Abas. Roedd hi'n gobeithio bod

29

ei nai hi'n dweud y gwir y tro 'ma.

Tynnodd yr Arab allwedd o'i boced.

"Gadewch i ni weld," meddai fe.

Aeth y tri ohonyn nhw lan y grisiau. Agorodd Abas ddrws y fflat.

"Mae rhywbeth ar y carped," meddai Ffranses. Gafaelodd hi yn y cerdyn a'i ddarllen.

"Wyt ti'n gweld, Abas?" meddai hi. "Cerdyn y Cwmni Trydan ydy hwn!" Roedd hi'n gwenu nawr, ond roedd wyneb Abas yn ddifrifol. Doedd e ddim yn deall pam roedd yr ymwelydd wedi gadael marciau ar y clo.

Yn y cyfamser, roedd Wiliam yn edrych o gwmpas yr ystafell. Roedd cês gwag yn gorwedd ar y llawr, ac roedd cadair bren yn sefyll yng nghanol yr ystafell. Roedd gweddill y fflat yn wag.

Trodd y bachgen at ei fodryb.

"Ga i fynd i lawr i gael te, Ffranses?" gofynnodd mewn llais fel angel. "Mae eisiau bwyd arna i…"

Drannoeth aeth Wiliam i'r parc i weld Don. Roedd Jo a'r babi yno hefyd.

"Fe wylltiodd Abas pan welodd e'r marciau ar y clo," meddai Wiliam wrthyn nhw.

"Dw i ddim yn synnu o gwbl," sylwodd Don. "Mae dy ewythr di'n gyfrifol am y fflat lan lloft."

"Ond roedd y cês yn wag beth bynnag," meddai Jo.

"Oedd," cytunodd Wiliam. "Roedd yr arian wedi

diflannu."

"Y llyfrau, Wiliam," meddai Don mewn llais blinedig. "Rwyt ti wedi bod yn darllen gormod o storïau. Nawr, esgusoda fi. Rwy'n mynd i wneud y croesair."

9.

Ar eu ffordd yn ôl o'r parc, dywedodd Jo'n sydyn:

"Dere adref gyda fi, Wiliam. Mae anrheg 'da fi i ti."

Roedd gardd fach hyfryd o flaen tŷ'r ferch. Aethon nhw drwy'r glwyd a phwyntiodd Jo at feic oedd yn sefyll wrth wal y tŷ.

"Hoffet ti gael benthyg y beic 'na?" gofynnodd i'r bachgen. "Mae'n rhy fach i fi nawr."

Sylwodd Wiliam taw beic merch oedd e; ond doedd e ddim eisiau ymddangos yn anniolchgar.

"O, diolch, Jo," meddai. "Rwy'n hoffi seiclo."

"Fe ddof i â'r beic i'r fflat yfory," addawodd y ferch. "Nawr, allet ti fynd â'r babi adref? Rwy'n mynd allan gyda ffrindiau heno."

Pan gyrhaeddodd Wiliam y fflat, roedd ei ewythr yn aros amdano.

"Lle mae Jo?" gofynnodd Abas. "Mae Ffranses wedi gorfod mynd i'r gwaith i gymryd lle rhywun sy'n sâl. Roedden ni'n dibynnu ar Jo i ofalu am Marc am y noson. Mae rhaid i fi fynd allan gyda Hans yn ei fan e."

31

"Fydd Jo ddim yn gofalu am neb heno," atebodd Wiliam. "Mae hi'n mynd allan gyda ffrindiau."

"Myn uffern i!" meddai'r Arab yn grac. "Mae pethau'n mynd o ddrwg i waeth."

Meddyliodd Wiliam am eiliad.

"Gawn ni fynd gyda chi?" gofynnodd.

"Pwy – ti a'r babi?"

"Ie, fi a Marc. Pam lai?"

Clywon nhw gerbyd yn stopio y tu allan i'r fflat. Roedd Kristoff – neu "Hans", fel roedd Abas yn ei alw e o flaen y teulu – wedi cyrraedd.

Aeth Abas i agor y drws i'r ymwelydd.

"A, Hans," meddai. "Mae'n ddrwg gen i, ond bydd rhaid i Wiliam a'r babi ddod gyda ni hefyd."

Doedd Kristoff ddim yn edrych yn hapus o gwbl, ond phrotestiodd e ddim.

"Does dim sedd yng nghefn y fan," meddai wrth Wiliam. "Bydd rhaid i ti eistedd ar y llawr."

"Does dim ots, Hans," meddai Wiliam yn hapus. "Rwy'n mwynhau trip fel hyn!"

Yn anffodus, roedd ffenestr gefn y fan yn frwnt, felly doedd y bachgen ddim yn gallu gweld llawer ar y ffordd. Gyrrodd Kristoff am ryw hanner awr cyn stopio'r fan mewn stryd dawel nid nepell o dafarn o'r enw The Lazy Gosling.

"Arhosa yma gyda Marc," gorchmynnodd Abas. "Fyddwn ni ddim yn hir."

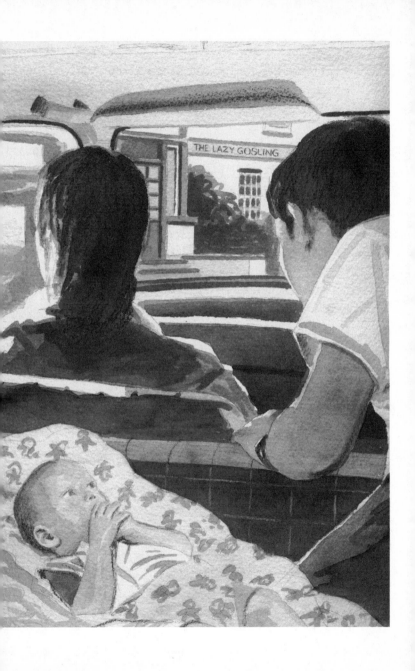

Aeth y ddau ddyn yn syth at y tŷ agosaf. Agorodd drws y tŷ bron ar unwaith, ac aeth Abas a Kristoff i mewn. Pan gaeodd y drws eto gwelodd Wiliam y rhif 6, er nad oedd y rhif yn glir iawn.

Yn y cyfamser, roedd Kristoff yn siglo llaw dyn byr tua chwe deg oed.

"Hylo, Mitch," meddai. "Wyt ti wedi gorffen y jobyn?"

"Ydw," atebodd y llall. "Eisteddwch i lawr am funud."

Aeth Mitch i mewn i ystafell arall. Daeth yn ôl yn cario cloc trydan mawr. Rhoddodd e'r cloc ar y bwrdd o flaen ei ymwelwyr.

"Roedd y lluniau yn dda iawn," meddai Mitch. "Rwy wedi'u hastudio nhw'n fanwl, ac rwy wedi gwneud cloc sy'n debyg iawn i'r cloc sy'n hongian ar wal y gwesty." Agorodd e ddrôr yn y bwrdd a daeth â hanner dwsin o luniau allan.

"Wyt t'n cytuno?" gofynnodd i Kristoff.

Nodiodd Kristoff ei ben.

"Mae'n wych, Mitch," atebodd. "Dw i ddim yn gweld unrhyw wahaniaeth o gwbl."

Gwenodd Mitch fel plentyn.

"Ond fe fydd talp go dda o Semtex yn y cloc hwn," chwarddodd e. "A larwm hefyd i reoli'r ffrwydrad." Trodd at Kristoff. "Ydych chi wedi penderfynu ar y diwrnod eto?" gofynnodd.

Siglodd Kristoff ei ben.

"Dydy El Oso ddim wedi cyrraedd eto," meddai. "Fe ydy'r pennaeth."

"Wrth gwrs," cytunodd Mitch. "Gyda llaw, beth ydy'r targed?"

Aeth llygaid Kristoff yn oer.

"Dim ond El Oso a fi sy'n gwybod hynny," meddai'n llym. "Mae dy waith di drosodd, Mitch, tan y tro nesaf. Ond cofia di hyn – dydy El Oso ddim yn hoffi gormod o gwestiynau…"

10.

"Ond gwranda, Don," meddai Wiliam yn ddifrifol. "Ar y ffordd yn ôl roedd bom yng nghefn y fan gyda fi a'r babi!"

Roedd Don yn ceisio canolbwyntio ar y croesair. Roedd croesair dydd Sul yn anodd iawn fel arfer.

"Roedd rhywbeth yn ticio yn y bocs," meddai Wiliam. "Fe aeth fy ngwaed i'n oer. Bom oedd e."

"Cloc oedd e, Wiliam," meddai Don yn sych, heb edrych i fyny o'r papur newydd.

"Fe aethon nhw â'r bocs i'r fflat lan llofft," meddai Wiliam. "Ac wedi dod i lawr eto, fe aethon nhw i ystafell arall i drafod eu cynlluniau."

"Ac fe glywaist ti bopeth, wrth gwrs," sylwodd Don yn eironig.

"Naddo, nid popeth," atebodd y bachgen. "Ond mae cwpwrdd wal yng nghornel fy ystafell wely lle mae Ffranses yn cadw'r llieiniau. Fe dynnais i'r llieiniau allan a gwrando ar eu sgwrs nhw."

"Wel, beth ddywedon nhw?"

"Chlywais i ddim popeth, ond roedden nhw'n sôn am El Oso."

Syllodd Don arno fe.

"Beth ydy El Oso?" gofynnodd. "Enw lle?"

Cododd y bachgen ei ysgwyddau.

"Wn i ddim," atebodd. "Ond roedd Hans yn dweud bod El Oso ar y ffordd i Lundain."

"Beth oedd enw'r dafarn ar ben y stryd lle roedd y fan wedi'i pharcio neithiwr?" meddai Don.

"The Lazy Gosling," meddai Wiliam. "A rhif chwech oedd rhif y tŷ."

Rhoddodd Don ei bapur newydd ar y fainc.

"Rwy'n mynd i chwilio am y dafarn 'na yn y Tudalennau Melyn, Wiliam," meddai. "Yna af i â ti am reid yn y car."

Cododd Don o'r fainc.

"Ti'n gweld, Wiliam," meddai wrth y bachgen, "rwy'n mynd i ddysgu gwers i ti y pnawn 'ma."

Roedd car Don yn llawer mwy cyfforddus na fan Kristoff, ac roedd llai o draffig ar bnawn Sul nag ar nos Sadwrn. Yn wahanol i'r fan hefyd, roedd Wiliam yn gallu gweld popeth yn glir trwy ffenestri'r car.

"Rydyn ni'n cyrraedd Tottenham," meddai Don wrtho fe. "Dydy'r dafarn ddim yn bell nawr."

Roedd The Lazy Gosling yn sefyll ar groesffordd.

"Ble nawr?" gofynnodd Don a phwyntiodd Wiliam drwy'r ffenestr.

"I'r chwith," meddai'r bachgen.

Parciodd Don y car heb drafferth.

"Arhosa yma," meddai wrth Wiliam. "Rwy'n mynd i ymweld â rhif chwech."

Aeth a churodd ar y drws. Atebodd neb. Curodd Don eto, ac yna agorodd y drws yn araf.

"Ie…?" Hen wraig oedd yno, yn ei saithdegau o leiaf. Wastraffodd Don ddim geiriau.

"Ydych chi'n atgyweirio clociau, Madam?"

"Ydych chi wedi drysu?" meddai hi. "Tŷ preifat ydy hwn. Ewch i'r siopau ar y ffordd fawr."

"Oes rhywun yn y tŷ sy'n gwerthu clociau, efallai?" gofynnodd Don.

"Nac oes," atebodd y wraig yn llym. "Dim ond fy chwaer a fi sy'n byw yma. Ewch i ffwrdd, neu bydda i'n galw'r heddlu!"

11.

Bob nos Sul roedd Don yn mynd i glwb yn Shaftesbury Avenue a chwrdd â ffrindiau oedd yn dal i weithio dros y

Gwasanaeth Cudd.

"Hylo, Don. Wyt ti eisiau peint o lager fel arfer?"

Trodd Don i gyfeiriad y llais a gwelodd Terry Palmer yn sefyll wrth y bar. Roedd Don yn hoffi Terry yn fawr. Roedd Terry wedi treulio pedair blynedd yn y fyddin cyn ymuno â'r Gwasanaeth Cudd. Doedd Terry ddim wedi mynd i'r coleg nac i'r brifysgol, ond roedd e'n gwybod popeth am arfau a bomiau'r terfysgwyr rhyngwladol.

"Diolch, Terry," atebodd Don. "Wyt ti ar dy ben dy hunan?"

"Ydw," meddai'r llall. "A dw i ddim yn disgwyl neb nawr; mae'n mynd yn hwyr."

Tynnodd y barman beint o lager i Don, ac aeth y ddau ddyn i eistedd wrth fwrdd yng nghornel yr ystafell.

"Oes newyddion 'da ti, Don?" gofynnodd Terry Palmer. "Rwy wedi bod i ffwrdd am bythefnos."

"Dim llawer," meddai Don. Ond yna meddyliodd am Wiliam Owen. "Rwy wedi cwrdd â bachgen rhyfedd iawn. Mae e'n dod o Gymru, ac mae'n siŵr o ddod yn enwog fel awdur ryw ddiwrnod, achos mae e'n dweud storïau anhygoel."

"Pa fath o storïau?" gofynnodd Terry gan sipian ei gwrw.

"Storïau antur," meddai Don. "Giangsters, terfysgwyr, bomiau…"

"Fe ddylai fe fod yn gweithio gyda ni," gwenodd Terry.

"Dylai," cytunodd Don, ac aeth ymlaen a dweud rhai o

storïau Wiliam wrtho am Abas, Hans, y bom yn y car, ac El Oso...

Fore trannoeth cafodd Don alwad ffôn. Terry Palmer oedd yno.

"Mae'n rhaid i ni gwrdd," meddai Terry. "Yn ddi-oed. Alla i ddim esbonio ar y ffôn. Mae'n bwysig, Don."

Cwrddodd y ddau ddyn amser cinio mewn tafarn yn St Pancras. Roedd wyneb Terry Palmer yn ddifrifol iawn.

"Roedd storïau Wiliam Owen yn troi yn fy mhen i trwy'r nos," meddai wrth Don. "Rwy'n credu bod y bachgen yn dweud y gwir."

"Wyt ti'n tynnu fy nghoes i, Terry?" chwarddodd Don. "Wiliam yn dweud y gwir? Amhosibl! Cofia am y tŷ yn ymyl The Lazy Gosling. Dim ond dwy hen wraig sy'n byw yno."

"Roedd Wiliam yn sôn am rif chwech, Don," sylwodd Terry. "Ond roedd ffenestri'r fan yn frwnt. Fe wnaeth Wiliam gamgymeriad. Mae'n fwy na thebyg taw i rif un deg chwech yr aeth Abas a Hans. Anfonais i asiant i'r stryd y bore 'ma."

"Wel, pwy sy'n byw yn rhif un deg chwech, 'te?"

"Dyn o'r enw Mitchell. Crefftwr ydy e, ond mae e wedi treulio amser yn y carchar. Mae e'n rhy barod i wneud ffafrau â throseddwyr."

Rhoddodd Don ei wydr i lawr ar y bwrdd.

"Beth am El Oso?" gofynnodd.

"Ffugenw terfysgwr peryglus ydy El Oso," atebodd Terry Palmer. "Juan Valera yw ei enw iawn. Mae e'n dod o Venezuela yn wreiddiol, ac mae e wedi achosi llawer o drafferth – yn enwedig yn y Dwyrain Canol."

Doedd Don ddim yn gallu credu ei glustiau. Roedd Wiliam wedi darganfod nyth o derfysgwyr!

"Beth am Abas a Hans?" gofynnodd. "Pwy ydyn nhw?"

"Dim syniad," atebodd Terry. "Dim syniad o gwbl."

"Wyt ti'n mynd i restio Abas?" meddai Don. "Rydyn ni'n gwybod ble mae e'n byw."

Siglodd Terry Palmer ei ben.

"Nac ydw," atebodd. "Mae'n rhy beryglus. Mae ganddo wraig a babi yn y fflat. Ond rydw i am ddal El Oso, os bydd hynny'n bosibl. Rwy'n siŵr taw ef yw pennaeth y grŵp."

Llyncodd Don ei gwrw.

"Wel, beth nesaf?" gofynnodd.

"Mae'n rhaid i fi siarad â Wiliam Owen," atebodd Terry Palmer. "A gorau po gyntaf."

12.

Pan gyrhaeddodd Wiliam y parc gwelodd e ddieithryn yn eistedd wrth ochr Don.

"Hylo, Wiliam," meddai Don. Yna trodd at y dieithryn.

40

"Dyma fy ffrind Wiliam. Cymro ydy e, Terry."

Siglodd Terry law Wiliam.

"Beth rwyt ti'n wneud yn Llundain?" gofynnodd. "Wyt ti ar dy wyliau?"

"Ydw," atebodd y bachgen. "Rwy'n aros gyda pherthnasau."

Roedd Terry Palmer yn awyddus i wybod popeth am y bachgen a'i deulu.

Gofynnodd e gwestiynau am y fflat, am Ffranses, ac yn arbennig am Abas a ffrindiau Abas. Roedd cwestiynau Terry yn gynnil iawn, ond doedd Wiliam Owen ddim yn dwp.

"Pam rydych chi'n gofyn cymaint o gwestiynau?" gofynnodd y bachgen yn sydyn. "Ydych *chi'n* gweithio i'r Gwasanaeth Cudd hefyd?"

Aeth wyneb Terry Palmer yn goch.

"B…beth?" meddai.

"Rwy wedi clywed bod Don yn gweithio fel asiant cudd cyn iddo ymddeol," meddai Wiliam. "Ydych chi'n gwneud yr un peth?"

Edrychodd y ddau ddyn ar ei gilydd. Roedd Wiliam yn rhy glyfar iddyn nhw. Ochneidiodd Terry Palmer yn ddwfn.

"O'r gorau, Wiliam," meddai wrth y bachgen. "Rwy'n mynd i siarad â ti yn blwmp ac yn blaen…"

Ar ôl y sgwrs yn y parc aeth Terry a Don â'r Cymro ifanc

mewn car i swyddfa mewn adeilad mawr ger Pont Vauxhall. Yno dangosodd Terry gyfres o luniau iddo.

"Terfysgwyr rhyngwladol ydy'r bobl yma i gyd," esboniodd Terry. "Dw i am wybod a ydy Abas a Hans yn eu mysg nhw."

Aeth hanner awr heibio, yna:

"Dyna Hans," gwaeddodd Wiliam yn gyffrous.

Siglodd Terry Palmer ei ben.

"Kristoff Donat yw ei enw cywir," meddai. "Dim ond ffugenw yw Hans. Fe ddihangodd y dyn 'ma o garchar Munich ddwy flynedd yn ôl. Fel arfer mae e'n cario gwn."

Edrychodd y bachgen ar gannoedd o luniau eraill, ond welodd e mo Abas o gwbl.

"Dw i ddim yn synnu," meddai Terry wrtho. "Mae'n debyg bod Abas wedi ymuno â'r grŵp yn ddiweddar. Efallai bod arno eisiau arian."

"Mae Ffranses yn cwyno am arian o hyd," meddai Wiliam. "Yr wythnos 'ma bydd hi'n gweithio yn yr archfarchnad trwy'r nos, yn llenwi silffoedd."

Dangosodd Terry Palmer lun arall iddo.

"Wyt ti'n nabod y dyn yma?" gofynnodd.

"Nac ydw," atebodd y bachgen.

"Juan Valera – El Oso – ydy hwn," meddai Terry. "Bydd e'n cwrdd â Kristoff ac Abas cyn bo hir, ond wyddon ni ddim pryd. Rydyn ni eisiau i ti ein helpu ni, ond heb gymryd siawns o gwbl. Dim ond cadw dy glustiau'n agored, wyt ti'n deall?"

"Ydw," atebodd Wiliam. "Ond sut galla i gysylltu â chi?"

"Trwy Don yn y parc bob pnawn," atebodd Terry. "Fe rodda i rif ffôn y swyddfa i ti hefyd. Yna, os bydd rhywbeth yn digwydd yn sydyn…"

"Ond paid â defnyddio ffôn Abas," meddai Don.

"Mae ffôn cyhoeddus yn y stryd," meddai Wiliam dan wenu.

"Da iawn," meddai Terry. "Rwyt ti'n meddwl fel asiant cudd yn barod!"

13.

Dychwelodd Wiliam i'r fflat am hanner awr wedi pump. Roedd ei fodryb Ffranses yn eistedd ar y soffa yn newid dillad y babi.

"Lle mae Abas?" gofynnodd Wiliam.

"Mae e wedi mynd allan am dro i glirio'i ben," atebodd Ffranses. "Gyda llaw, Wiliam, pam mae'r cwpwrdd mor anniben yn dy ystafell di?"

Dechreuodd calon y bachgen guro'n gyflymach.

"Cwpwrdd…" meddai. "Pa gwpwrdd?"

"Rwyt ti'n gwybod pa gwpwrdd, Wiliam," meddai'i fodryb dan ochneidio. "Y cwpwrdd yng nghornel yr ystafell. Rwyt ti wedi bod yn tynnu dillad allan. Rydw i eisiau gwybod pam."

"O, y cwpwrdd yng nghornel yr ystafell," meddai Wiliam gan feddwl yn gyflym. "Roeddwn i'n chwilio am grys, dyna'r cwbl."

"Ond mae dy grysau i gyd mewn drôr wrth ochr y gwely," meddai Ffranses.

"Roeddwn i'n chwilio am un crys yn arbennig," atebodd Wiliam. "Crys rygbi ydy e. Ond yna fe gofiais i fy mod i wedi gadael y crys yna gartref yng Nghwm Alaw."

"Wel, paid â mynd i mewn i'r cwpwrdd eto," meddai Ffranses. "Petai Abas yn gwybod…"

Nodiodd Wiliam ei ben. Byddai'n rhaid iddo fod yn fwy gofalus yn y dyfodol.

"Wyt ti'n mynd i sôn am y cwpwrdd wrth Abas, Ffranses?" gofynnodd.

"Nac ydw, Wiliam. Ddim y tro yma. Mae gan fy ngŵr ddigon o broblemau'n barod."

Brr Brr, Brr Brr, Brr…

Cododd Terry Palmer y ffôn.

"Ie?"

"Don yma, Terry. Roeddwn i'n siarad â Wiliam yn y parc gynnau fach."

"Oes newyddion?" Roedd Terry wedi bod yn aros am newyddion ers tri diwrnod.

"Oes. Bydd El Oso yn cwrdd â'r lleill nos yfory am

saith o'r gloch."

"Wyt ti'n gwybod lle?" gofynnodd Terry.

"Dydy Wiliam ddim yn siŵr. Ond yn y fflat, mwy na thebyg."

"O'r gorau. Mae'r bachgen wedi gwneud yn dda, Don."

"Ydy. Hefyd mae e wedi rhoi manylion am fan Kristoff Donat i fi. Wyt ti am eu hysgrifennu nhw i lawr?"

"Ydw, bydd hynny'n ddefnyddiol iawn," meddai Terry. "O, gyda llaw, Don…"

"Ie?"

"Wyt ti'n gallu ein helpu ni yfory?"

"Helpu? Sut?"

"Fel gyrrwr. Rwyt ti'n nabod yr ardal yn dda, a does neb yn well na ti y tu ôl i olwyn car."

Teimlodd Don wefr wrth glywed geiriau Terry Palmer. Roedd e wedi ymddeol ers talwm, ond phrotestiodd e ddim.

"Iawn, Terry," atebodd. "Lle gwnawn ni gwrdd?"

14.

Roedd Wiliam yn edrych ymlaen at gwrdd â'r terfysgwr enwog, El Oso. Felly cafodd e siom fawr pan ddywedodd Ffranses wrtho:

"Mae Abas yn mynd i dalu i ti a Jo fynd i weld ffilm yn yr Odeon, Leicester Square heno."

"Y sinema…" meddai'r bachgen. "Ond…"

Aeth e ddim ymlaen. Roedd Terry a Don wedi gofyn iddo ymddwyn yn naturiol. Byddai unrhyw fachgen yn hapus i fynd i sinema fawr fel yr Odeon.

"Ond pwy fydd yn gofalu am Marc druan os wyt ti'n gweithio trwy'r nos, Ffranses?" gofynnodd.

"Does dim problem," atebodd ei fodryb. "Bydd Abas yn gofalu amdano. Mae grŵp o fyfyrwyr yn cwrdd yn y fflat heno i drafod gwaith y coleg."

"Gwaith y coleg!" meddyliodd Wiliam yn chwerw, ond ddywedodd e'r un gair.

"Bydd Jo yn galw amdanat ti tua chwech o'r gloch, Wiliam," meddai Ffranses. "Rwy'n siŵr y gwnewch chi fwynhau eich hunain."

Am hanner awr wedi chwech, roedd Terry a Don yn eistedd mewn Saab lliw arian ger mynedfa gorsaf St Pancras. O bryd i'w gilydd roedd Terry yn cysylltu â'i ddynion ar ei ffôn symudol.

"Mae Kristoff Donat wedi cyrraedd y fflat," meddai wrth Don, oedd yn eistedd y tu ôl i'r olwyn.

"Oes rhywun yn gwylio'r fflat?" gofynnodd Don.

Siglodd Terry Palmer ei ben.

"Nac oes; byddai hynny'n rhy amlwg. Rydyn ni'n gwylio'r ffordd fawr. Os bydd Kristoff ac Abas yn gadael y stryd yn y fan byddwn ni'n eu dilyn nhw."

Roedd llygaid Terry ar fynedfa'r orsaf trwy'r amser. Roedd trên newydd gyrraedd ac roedd tyrfa o bobl yn dod allan i'r stryd. Yn sydyn gwelodd Terry ddyn tal tywyll yn eu mysg nhw.

"Dyna fe," meddai. Roedd ei lais yn nerfus. "Wyt ti'n gweld y dyn mawr sy'n gwisgo'r got fawr ddu?"

"Ydw," atebodd Don. "Beth nawr?"

"Dilyna fe. Ond paid â mynd yn rhy agos."

Dechreuodd Juan Valera, El Oso, gerdded lan y stryd, gan edrych o'i gwmpas trwy'r amser.

"Ara deg, Don," meddai Terry Palmer. "Dw i ddim eisiau codi ofn arno."

Trodd golau gwyrdd yn goch o'u blaen nhw. Yn lle aros ar y palmant, cerddodd El Oso'n gyflym ar draws y ffordd. Petrusodd Don am eiliad.

"Cer ymlaen," gorchmynnodd Terry. "Neu byddwn ni wedi'i golli e!"

Pwysodd Don ar y sbardun a rhuthrodd y Saab drwy'r goleuadau. Yna clywson nhw sŵn sgrechian. Roedd car wedi dod o'r cyfeiriad arall a bron â'u taro. Trodd Don ei ben a gweld taw car heddlu oedd e.

Trodd Juan Valera ei ben hefyd i weld beth oedd yn bod. Pan welodd e'r car heddlu, dechreuodd redeg i ffwrdd nerth ei draed.

"Mae e'n dianc!" gwaeddodd Terry Palmer. "Paid â'i golli e!"

Cyflymodd Don eto. Roedd El Oso wedi troi i mewn i stryd arall. Stryd unffordd oedd hi, ond aeth Don rownd y gornel heb betruso. Roedd car yn dod atyn nhw, ond dringodd y Saab y palmant ac aeth drwy'r bwlch â'r peiriant yn rhuo.

Gwelson nhw'r terfysgwr yn sefyll yng nghanol y ffordd. Roedd dryll yn ei law. Saethodd e unwaith a chlywson nhw'r ergyd yn taro metel y to, yn union uwchben y sgrîn.

Roedd El Oso wedi chwarae ei gerdyn olaf. Gyrrodd Don yn syth ato; trawodd bonet y Saab gorff y terfysgwr a'i daflu i'r awyr. Trodd Terry Palmer ei ben a gweld El Oso'n gorwedd ar y ddaear. Roedd wyneb y terfysgwr yn waed i gyd, ac roedd yn amlwg ei fod e wedi torri un goes os nad y ddwy.

Yna daeth car yr heddlu rownd y gornel, â'i olau glas yn fflachio. Stopiodd am eiliad wrth ochr Juan Valera, a neidiodd plismon allan, ond yna symudodd y car eto.

"Y ffyliaid," meddai Don yn grac. "Maen nhw'n mynd i'n hela *ni!*"

Roedd chwys yn rhedeg i lawr ei wyneb, ac roedd ei lais yn crynu. Ond roedd Terry Palmer yn gwenu'n hapus.

"Colla nhw, Don," meddai. "Rho wers iddyn nhw."

Trodd Don y Saab i mewn i'r ffordd fawr eto.

"Beth am Hampstead?" awgrymodd Terry. "Mae'r Heath yn hyfryd yn y gwanwyn!"

"Wyt ti wedi drysu, Terry?" gofynnodd Don. "Mae'n

well i ni stopio a siarad â'r heddlu."

"Beth, cael ein dal gan fechgyn y Met?" chwarddodd Terry. "Dim peryg!"

Roedd y Saab yn hedfan erbyn hyn, ond doedd car yr heddlu ddim yn colli tir chwaith.

Pan gyrhaeddon nhw Kentish Town, edrychodd Don ar y drych.

"Mae Cosworth 'da nhw, Terry," meddai. "Wnawn ni ddim dianc."

"O'r gorau," ochneidiodd Terry. "Ond rydyn ni wedi cael tipyn o sbri, on'd ydyn ni?"

Estynnodd am y ffôn a galwodd Scotland Yard.

"Hylo," meddai. "Gaf i siarad â'r Comisiynydd?"

Ddau funud yn ddiweddarach cafodd gyrrwr y Cosworth alwad ffôn hefyd.

"Trowch rownd," meddai'r llais. "Ewch yn ôl i St Pancras. Anghofiwch y Saab. Anghofiwch bopeth…"

15.

Roedd Abas a Kristoff yn cadw'r ffrwydrydd a'r cloc mewn cês yn atig y fflat wag. Am ddeg o'r gloch aeth Kristoff i fyny'r grisiau i nôl y cês tra oedd Abas yn paratoi coffi iddyn nhw yn y gegin.

Roedd y ddau ddyn yn teimlo'n nerfus iawn. Doedd El Oso ddim wedi troi lan. Beth oedd wedi digwydd iddo fe?

Daeth Kristoff i mewn i'r lolfa gan gario'r cês yn ei law. Rhoddodd e'r cês ar y llawr, taniodd sigarét, a sipiodd ei goffi.

"Mae'n rhy chwerw," sylwodd. "Ga i siwgr?"

"Dwyt ti ddim yn cymryd siwgr fel arfer," meddai Abas.

"Mae'n rhy chwerw!" meddai Kristoff yn llym, ac aeth yr Arab â'r cwpanaid o goffi yn ôl i'r gegin. Pan ddaeth yn ôl, roedd Kristoff yn edrych yn hapusach. Eisteddodd Abas wrth y bwrdd gyferbyn â'r llall a dechreuodd yfed ei goffi.

"Wyt ti eisiau gwybod am ein cynlluniau?" gofynnodd Kristoff yn ddymunol. "Hyd yn hyn rwyt ti wedi bod yn gweithio yn y tywyllwch."

Nodiodd Abas ei ben.

"Fe hoffwn i wybod popeth," meddai wrth Kristoff. "Rydw i eisiau cymryd rhan hefyd."

"Heno, rwy'n mynd i osod bom yng ngwesty'r Titan, filltir i ffwrdd o'r tŷ 'ma. Mae grŵp o wleidyddion o'r Dwyrain Canol yn aros yno yr wythnos 'ma. Yfory fe fyddan nhw'n cwrdd mewn ystafell gynhadledd i drafod cytundeb heddwch; ond bydd y cloc ar wal yr ystafell yn ffrwydro am ddeg o'r gloch y bore a lladd y mwyafrif ohonyn nhw…"

"Ond beth am El Oso?" gofynnodd Abas. "Dwyt ti ddim yn gallu gweithredu heb El Oso."

Chwythodd Kristoff fwg at y nenfwd.

"Mae rhywbeth o'i le yma," meddai. "Dydy El Oso ddim wedi dod, ac mae marciau ar fetel y clo lan llofft. Tybed a ydy'r heddlu'n gwylio'r fflat, Abas?"

Tynnodd e ddryll o'i boced a'i gyfeirio at yr Arab.

"Paid â siarad lol," protestiodd Abas. "Dw i ddim wedi dweud gair wrth neb."

Gwenodd Kristoff yn oeraidd.

"Fe af i allan drwy'r ardd yng nghefn y tŷ," meddai, "rhag ofn bod rhywun yn gwylio'r fan."

Cododd ar ei draed gan afael yn y cês.

"Rwy'n dod gyda ti," ebe'r Arab. Ceisiodd sefyll ond roedd ei goesau'n rhy wan. Yna sylweddolodd fod Kristoff wedi rhoi cyffur yn ei goffi tra oedd e'n chwilio am siwgr yn y gegin.

"Gyda llaw," meddai Kristoff dan wenu, "diolch am dy help di. Cysga'n dawel…"

Roedd golau yn ffenestr y fflat ac roedd y fan yn dal i sefyll yn y stryd pan ddaeth Wiliam a Jo'n ôl o'r sinema. Agorodd y bachgen ddrws ffrynt y tŷ ac aethon nhw drwy'r coridor a heibio i feic Jo.

"Mae'r babi'n crio," meddai'r ferch. "Beth mae Abas yn ei wneud?"

Aethon nhw i mewn i'r lolfa. Roedd Marc yn gorwedd ar y soffa ac roedd Abas yn gorwedd ar y carped yn ymyl y bwrdd. Penliniodd Jo wrth ei ochr. Roedd yr Arab yn dal i anadlu.

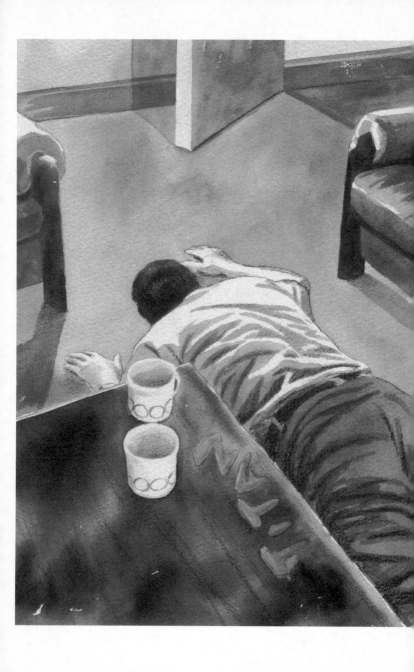

"Galwa'r ambiwlans, Wiliam," meddai'r ferch.

Cododd Wiliam y ffôn, ond roedd y wifren wedi ei thorri. Rhuthrodd e allan o'r fflat i ddefnyddio'r ffôn cyhoeddus. Roedd digon o arian yn ei boced e, ond wrth gwrs ffôn cerdyn oedd hwn...

"Jo..."

"Ie?" Trodd y ferch ei phen a gweld Wiliam wrth y drws. Roedd Jo'n dal y babi yn ei chôl. Roedd Marc wedi peidio â chrio.

"Bydd yn rhaid i ti fynd adref a ffonio am ambiwlans," meddai Wiliam.

"Iawn," atebodd Jo. "Gyda llaw, Wiliam, mae Abas wedi ysgrifennu'r gair Titan mewn coffi ar y bwrdd."

"Titan..." meddai'r bachgen. "Beth ydy Titan?"

"Mae gwesty o'r enw Titan ar y ffordd i Regent's Park," meddai Jo.

Mewn fflach gwelodd Wiliam y sefyllfa'n glir – y giang o derfysgwyr, y bom a nawr – y targed!

"Jo," meddai'n gyffrous. "Rwy'n mynd i ysgrifennu rhif ffôn i lawr. Mae'n rhaid i ti ffonio'r rhif 'na a dweud bod Kristoff wedi mynd i westy'r Titan. Wyt ti'n deall?"

"Ydw, Wiliam. Wyt ti'n mynd i aros yma?"

"Nac ydw," atebodd Wiliam gan siglo ei ben. "Rwy'n mynd allan am reid ar dy feic di."

16.

Roedd hi'n bum munud i hanner nos pan barciodd
Wiliam y beic yn erbyn wal gwesty'r Titan. Cerddodd i
mewn i gyntedd y gwesty a gwelodd borthor yn sefyll y
tu ôl i'r cownter. Doedd neb arall yn y cyntedd.

"Wyt ti'n aros yma?" gofynnodd y dyn i Wiliam.

"Nac ydw," atebodd y bachgen. "Ond mae'r gwesty
mewn perygl."

"Perygl?" meddai'r dyn. "Pa berygl?"

"Wn i ddim. Bom efallai. Mae'n rhaid i chi rybuddio'r
gwesteion."

Daeth y dyn o'r tu ôl i'r cownter. Roedd e'n gawr o
ddyn.

"Der i ddweud dy stori wrth y rheolwr," meddai. "Mae
e yn yr ystafell gynhadledd."

Aeth â Wiliam at ddrws ym mhen arall y cyntedd.
Aethon nhw drwy'r drws a gwelodd y bachgen risiau
agored yn arwain i lawr i fath o seler foethus. Roedd dyn
arall yn eistedd wrth fwrdd hir, ac roedd dau gloc mawr
ar y bwrdd o'i flaen e.

Cododd y dyn wrth y bwrdd ei ben er mwyn edrych i
fyny'r grisiau, a gwelodd Wiliam taw Kristoff oedd e!
Ceisiodd y Cymro ifanc droi'n ôl ond gwthiodd y porthor
ef i lawr y grisiau.

"Nai Abas yw hwn," meddai Kristoff yn grac. "Bydd
rhaid i ni newid ein cynlluniau. Clyma ei ddwylo a rho

gag yn ei geg!"

Doedd Don ddim yn gallu ymlacio. Roedd Terry Palmer yn eistedd mewn cadair freichiau yn mwynhau rhaglen ar deledu Don, ond roedd Don yn symud o gwmpas yr ystafell trwy'r amser.

"Don, rwyt ti'n poeni am ddim byd," meddai Terry wrtho. "Os bydd fan Kristoff yn symud i ffwrdd, bydd ein dynion yn cysylltu â ni ar unwaith."

"Ond does neb yn gwylio'r fflat," protestiodd Don.

Cododd Terry ar ei draed.

"O'r gorau, Don," meddai. "Fe yrrwn ni heibio i'r fflat yn y Saab. Ond wnawn ni ddim stopio, reit?"

Nodiodd Don ei ben.

"Diolch, Terry," atebodd. "Rwy'n teimlo'n hapusach yn barod."

Pan droion nhw i mewn i'r stryd lle roedd Abas a Ffranses yn byw, gwelson nhw ferch yn cerdded atyn nhw yn cario babi yn ei breichiau.

"Jo ydy hon," meddai Don yn syn. "Tybed beth mae hi'n wneud yn y stryd ganol nos?"

Stopiodd Terry y Saab a gostyngodd Don y ffenestr.

"Beth sy'n bod, Jo?" gofynnodd. "Trafferth?"

Siaradodd y ferch yn gyflym iawn a gwrandawodd y dynion arni'n ofalus.

"Ond lle mae Wiliam nawr?" gofynnodd Terry Palmer.

"Ar ei ffordd i'r Titan," atebodd Jo. "Mae beic 'da fe."

"Gobeithio y byddwn ni'n ei ddal e cyn iddo gyrraedd y gwesty," meddai Terry gan danio'r peiriant. "Diolch, Jo."

Tra oedd e'n gyrru trwy'r strydoedd ffoniodd Terry am help oddi wrth uned arbennig y Gwasanaeth Cudd.

"Byddan nhw'n cyrraedd y Titan ymhen hanner awr," meddai wrth Don.

"Ond beth am ein dynion ni sy'n aros yn y stryd fawr ger y fflat?" gofynnodd Don. "Pam na wnei di eu galw nhw i mewn? Maen nhw'n gwastraffu eu hamser yn aros am y fan. Mae Kristoff wedi gadael y fflat yn barod."

"Dydyn ni ddim yn gwybod hynny," atebodd Terry Palmer. "Efallai taw Kristoff adawodd y neges ar y bwrdd er mwyn ein twyllo ni."

"Rwyt ti'n cymryd siawns ofnadwy, Terry," protest-iodd Don.

Roedd wyneb Terry Palmer yn welw.

"Rwy'n gwybod," atebodd. "Ond does dim dewis 'da fi."

"Oes gwn 'da ti?" gofynnodd Don.

"Oes," meddai'i bartner. "Ac mae un i ti hefyd, o dan dy sedd."

17.

Roedd Wiliam wedi ei glymu i gadair yng nghornel y

seler. Doedd e ddim yn gallu gwneud sŵn oherwydd y gag yn ei geg. Roedd y porthor wedi cloi'r drws wrth ben y grisiau a diffodd y golau. Nawr roedd y porthor yn cyfeirio golau tors at y bwrdd lle roedd Kristoff yn paratoi'r ffrwydrydd yn y cloc.

"Mae'n debyg bod y bachgen wedi galw'r heddlu," meddai Kristoff wrth y porthor. "Rwy'n mynd i danio'r bom heno. Mae'r gwesteion Arabaidd yn cysgu erbyn hyn. Byddan nhw'n cael eu dal yn y ffrwydrad."

"Beth am y bachgen?" gofynnodd y porthor. "Beth wnawn ni gyda fe?"

"Paid â phoeni amdano fe," atebodd Kristoff yn sych. "Mae e wedi rhedeg allan o lwc, dyna'r cwbl."

Crynodd Wiliam dipyn wrth glywed geiriau Kristoff. Yna clywodd sŵn arall. Roedd rhywun yn ceisio agor drws y seler...

"Does neb yng nghyntedd y gwesty," meddai Terry Palmer wrth Don. "Dim rheolwr, dim porthor – neb o gwbl."

"Wel, mae beic ar y palmant," meddai Don. "Ac yn ôl y ferch, roedd Wiliam wedi mynd â'r beic gyda fe."

"Felly mae'n rhaid bod Wiliam yn y gwesty," sylwodd Terry.

Gwelodd Don y geiriau *Ystafell Gynhadledd* ar un o'r drysau.

"Dyna'r lle gorau i osod bom, Terry," meddai wrth ei

bartner. Aeth e at y drws ond roedd ar glo.

"Cer i nôl yr allwedd o'r tu ôl i'r cownter," meddai Terry. "Ond cyn i ti agor y drws fe ddiffodda i olau'r cyntedd, neu byddi di'n darged hawdd iddyn nhw."

Arhosodd Don i olau'r cyntedd ddiffodd cyn rhoi'r allwedd yn y clo. Agorodd y drws a llithro i mewn. Roedd yr ystafell yn hollol dywyll. Cododd Don ei law a chwiliodd am y swits.

Clywodd Wiliam y drws yn agor, a rhywun yn symud ar ben y grisiau. Roedd rhaid iddo roi rhybudd bod terfysgwyr yn yr ystafell, ond sut? Dechreuodd e guro ei draed ar lawr y seler. Roedd y sŵn fel drwm yn y distawrwydd.

Aeth y golau ymlaen yn sydyn, a chododd Kristoff ei ddryll a dechrau saethu. Torrodd y bwledi ganllaw'r grisiau a chafodd Don ei daro yn ei ben gan ddarn o bren. Aeth e i lawr fel sach o datws.

"Cer i nôl ei ddryll," gorchmynnodd Kristoff, a rhuthrodd y porthor i fyny'r grisiau i'r lle roedd Don yn gorwedd.

Pan gyrhaeddodd y dyn ben y grisiau, ymddangosodd Terry Palmer o'i flaen e, gan gyfeirio Beretta awtomatig at ei fola.

"Dwylo i fyny," gorchmynnodd Terry.

Ceisiodd y porthor godi ei ddwylo, ond saethodd Kristoff e ddwywaith yn ei gefn.

"Rwy'n mynd i ladd y bachgen," gwaeddodd gan

bwyntio'r gwn at ben Wiliam.

Teimlodd Wiliam y gwn yn pwyso yn erbyn ochr ei dalcen. Roedd rhaid iddo wneud rhywbeth ar unwaith. Trodd yn sydyn yn ei gadair i gael syrthio i'r llawr. Clywodd e ddryll Kristoff yn tanio, a thrawodd y bwled y llawr yn agos i'w ben.

Phetrusodd Terry Palmer ddim. Gwasgodd e driger y Beretta a thaflu cawod o fwledi i gyfeiriad y terfysgwr. Pan beidiodd y saethu, roedd Kristoff yn gorwedd mewn pwll o waed.

Rhuthrodd Terry i lawr y grisiau. Cyrhaeddodd y bwrdd ac edrychodd ar y ddau gloc. Roedd gan un o'r clociau fys larwm, ac roedd bys yr eiliadau'n tician yn gyson.

"Arglwydd mawr," meddai Terry'n uchel. "Dim ond deg eiliad i fynd!"

Tynnodd e fath o gyllell fach o'i boced, a throdd y cloc rownd. Yn y cyfamser roedd Wiliam wedi cau ei lygaid a dechrau rhifo:

"Naw, wyth, saith, chwech, pump, pedwar, tri, dau..."

Clywodd e glic bach yn nistawrwydd y seler. Agorodd ei lygaid ac edrychodd i fyny.

Roedd Terry Palmer yn sefyll o'i flaen e gan ddal dau ddarn o wifren yn ei ddwylo. Yna clywodd Wiliam sŵn seiren yn y pellter.

Er bod chwys yn rhedeg i lawr ei wyneb, llwyddodd Terry i wenu'n wan.

"Wyt ti'n clywed, Wiliam?" gofynnodd. "Mae help ar y ffordd – ond braidd yn hwyr!"

18.

Ar hap cafodd Don ei anfon i'r un ysbyty ag Abas – ac i'r un ward. Drannoeth aeth Ffranses, Jo, Wiliam a'r babi i ymweld ag Abas. Roedd Ffranses yn nerfus iawn. Doedd hi ddim wedi sylweddoli bod ei gŵr yn cymysgu ym myd terfysgwyr. A fyddai Abas yn cael ei garcharu am flynyddoedd?

"Mae eich gŵr yn y solariwm," meddai nyrs wrthi. "Mae e'n gwella'n gyflym."

Cafodd Wiliam sioc o weld Abas, Don a Terry Palmer yn eistedd gyda'i gilydd yn y solariwm. A dweud y gwir, roedden nhw'n siarad fel hen ffrindiau! Roedd wyneb Abas yn wyn o hyd, ac roedd gan Don fandais am ei dalcen, ond gwenodd y ddau ddyn yn hapus wrth weld yr ymwelwyr yn dod trwy'r drws.

"Rydw i wedi bod mewn cysylltiad â llywodraeth Lebanon y bore 'ma," meddai Terry Palmer wrth Ffranses. "Mae'n ymddangos taw plismon yw Abas, nid terfysgwr."

Trodd Abas at ei wraig.

"Mae'n ddrwg gen i, Ffranses," meddai. "Dw i ddim wedi bod yn gwbl onest gyda ti. Fel mae Terry yn dweud,

61

roeddwn i'n gweithio fel plismon cyn dod i'r coleg yn
Llundain. Un diwrnod fe roddais i lifft i'm rhieni mewn
car heddlu. Fe daflodd terfysgwr fom at y car ac fe gafodd
fy rhieni eu lladd. Juan Valera – El Oso – drefnodd y
ffrwydrad yna, ond chafodd e mo'i restio."

Gafaelodd e yn llaw Ffranses, ac yna aeth e ymlaen.

"Ar ôl marwolaeth fy rhieni, fe ges i fy anfon i Lundain
i astudio Saesneg. Yna cwrddais i â ti, Ffranses, a syrthio
mewn cariad. Ond hefyd cwrddais i â phobl fel Kristoff
Donat – oedd yn perthyn i fudiadau terfysgwyr. Fe
ymunais i â nhw yn y gobaith y byddwn i'n gallu talu'r
pwyth yn ôl am farwolaeth fy rhieni ryw ddiwrnod. Yna
clywais i fod El Oso ar ei ffordd i Lundain…"

"Ond chysylltoch chi ddim â heddlu Prydain," sylwodd
Terry Palmer yn drist.

"Naddo," meddai Abas. "Roedd Valera wedi llithro
trwy fysedd yr heddlu gymaint o weithiau. Roeddwn i'n
awyddus iawn i gwrdd ag El Oso fy hun."

"I wneud beth?" gofynnodd Don.

"Ei ladd e …" meddai Abas heb betruso.

"Fydd Juan Valera ddim yn poeni neb o hyn ymlaen,"
meddai Terry Palmer. "Bydd e'n treulio gweddill ei
fywyd mewn cadair olwyn, ac yn y carchar."

Trodd Abas at Wiliam.

"Rydw i wedi bod yn gas iawn gyda ti, Wiliam,"
meddai. "Roeddwn i'n ofni y byddet ti'n dinistrio fy
nghynlluniau i gyd. Ond yn lle hynny, ti a achubodd y

dydd."

Edrychodd Ffranses ar ei nai. Dyma'r tro cyntaf iddi hi weld Wiliam yn cochi!

Parciodd Geraint Owen y lorri wrth y palmant lle roedd ei fab yn sefyll. Dringodd Wiliam i mewn i'r cab.

"Ble mae Ffranses?" gofynnodd ei dad.

"Yn yr ysbyty gydag Abas," atebodd y bachgen. "Mae e wedi bod yn sâl."

"Dim byd difrifol, gobeithio," meddai Geraint heb lawer o ddiddordeb. Pwysodd ar y sbardun a symudodd y lorri i ffwrdd.

"Wyt ti wedi cael llawer o anturiaethau?" gofynnodd i Wiliam yn sydyn.

"Nac ydw," atebodd ei fab gan siglo ei ben.

"Dim anturiaethau," chwarddodd Geraint. "Rwyt ti wedi newid, Wiliam!"

"Ydw, Dad," meddai Wiliam yn dawel.

Tynnodd y bachgen nodlyfr a phensil o'i boced a dechreuodd ysgrifennu. Roedd e wedi gorffen dwy bennod yn barod.

Roedd nofel gyntaf Wiliam Owen yn mynd yn dda.